KB154266

서천에 흐르는 소백산

하나로 선
-사상과 문학 시인선-

서천에 흐르는 소백산

초판1쇄발행   2021년 4월 23일

지 은 이   류용하
펴 낸 이   박영률
펴 낸 곳   하나로 선 사상과 문학사
인쇄기획   엔 크

출판등록   제2012-000301호
주   소   서울시 마포구 토정로198 영풍@ 101동 상가 204호
전   화   02) 326-3627
팩   스   02) 717-4536

메일주소   holyhill091@hanmail.net

I S B N   979-11-88374-28-1 03810
정   가   10,000원

서천에 흐르는 소백산

| 류용하 제1시집 |

하나로 선
사상과문학사

시인의 말

언제나 설레이고 가슴 벅차오르는 곳 고향산천이다.

시골이든 도회이든 우리는 잊지 못할 고향의 추억을 간직하고 더듬으며 세월을 벗하고 있다.

그곳엔 어버이의 숨결과 사랑 소꿉친구의 그림자가 살아 숨 쉬고 손짓하며 부르고 있다.

힘들 때도 기쁠 때도 그 어느 때도 달려가 포근히 감싸 안겨 세상의 티끌과 번뇌 그 모두를 씻기우고 편안히 안식에 이르고 싶은 곳이다.

세상살이에 분주한 나날에는 가슴에만 묻어 두었었지만 이제 종심소욕從心所欲에 이르러 붓을 들어 명산 소백산 자락에 깃들어 서천과 함께 자리한 영주 고을의 고향산천을 노래하고 아픔도 치유하며 남은 세월을 싯귀에 담아 이 세상 모든 사람들과 함께 하고 읽혀 질 수 있게 되니 즐겁고 보람된 일이 아닐수 없으며 얼마나 다행인지 모른다.

우리 모두 고향산천과 삶의 굴곡에 새롭고 곱디고운 수를 놓아 그 정기가 하늘에 닿고 생의 진미를 한껏 맛볼 수 있는 아름다움을 싯귀에 담아 노래하고 춤추게 되기를 기원하고 소망하여 보며 평설을 써주신 존경하는 유승우 박사님께 감사를 드린다.

2021년 새봄에
망원 한강변 반곡재에서

차 례

2부 한강 곁에서

3부 꽃은 피고 지고

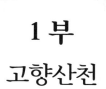

1부
고향산천

고향산천 1

낙화암 천 소백 정맥에서
발원하여
천 수백 년 명찰 부석사를
뒤로하고
수 킬로 흘러 닿은 곳
복사 꽃 떨어지는 여울의
도탄동桃灘洞
소박하나 근세 이념갈등의 고통을 겪고
김씨 세가 속에 각 성 바지
50호 정도 살아가던 상석리 도탄동

여름 홍수 땐 마을 앞 벌판에
황토 물이 범람하고
봄철 모내기때는 논물 속에
자라가 둥둥 떠내려 오고
여름철 보 밑 냇물에선
메기 뱀장어 피라미 버들묵지 꾸구리
텅고리들과 벗하며

멱 감는 아이들의 소리가 떠들썩하여
산천은 더욱 푸르렀고

야산 자락에 옹기종기 모여 앉은
부락들은
비록 가난 속에 힘든 삶들
이었지만

소박한 인심을 간직한 채
성효 근면 선비정신을
바탕으로 살아온
유구한 역사의 고향산천
천마산 바위굴에는
호랑이가 살았든 흔적이 있다.

고향산천 2

멀리 보이는 응봉산 정상은
나날이 여명의 정기를
모아 보내고
앞산 솔숲에는 새매의 둥지들이
즐비하여
개구리 잡아 길들이는
새매와 함께 유년을 보냈고

뒷산 비선미 잔디에선
동네 큰아이들이 꼬마들을 꼬드겨
싸움을 붙이고
개울물에선 옥수수 대궁으로
물레방아 찧게 하고

정월 대보름 뒷산 망오리 불 지피고
깡통 쥐불놀이에
밤을 지새우고
신라시대의 전통인 건너편 동네와
투석전을 벌리고
윗마을 아랫마을 용트림의
줄다리기

단오절 뒷산 참나무에 높이 매인
그네에는 동네 처녀 아녀자의
삶의 희비를 댕기와 궁궁이
머리 꽂이와 함께 날려 보내고
농사일 끝나는 8월 푹구 날에는
온 동네잔치 속에

징소리 꽹과리 소리 우렁찬데
어른 아이 한데 어울려
정겨움이 뜨겁게 흘러나고
황대포 취중의 가락에
온 동네가 떠들 썩 했던 도탄동
당시 인걸은 사라져 들 가고
산천만 의구하네.

고향산천 3

아이들은 책보 둘러메고
필통 딸각 거리며
학교로 뛰어가고
흙바닥 교실에선 미처 못간 뒷간
아이의 무명옷 바지 황금색 엉덩이와
향기 없는 구린내 속에서

가갸 거겨
2.1은 2 3.1은 3
학문에 열중했고
매월 일제고사에
상장 공책 연필 타는 즐거움에
꿈같은 초등 시절이었고

방과 후 들판 건너 냇가에
모인 아이들
청석을 쪼아 다마(구슬) 만들어
다마 치기에 열중하고

쇠다마에 치인 청석다마는
힘없이 밀려나고

자치기 거리는 저마다의
장기 속에 우쭐되게 하고
칼꽂이 동전튀기기 땅따먹기는
쟁취와 성장의 발판이 되었던
그리운 고향동네.

고향산천 4

십리도 넘는 부석중학교 등교 길
낙화암천 고갯길 바위굴에는
부엉이 소리 우렁차고
작은 폭포에는 소 수력 발전이 설치되고
넓적바위는 하교 후 공부 시간을
벌기위한
저녁놀 올 때까지의 책상이 되어주고

봉황산 부석사 부처님은 경외의 인자한
모습이고
사명당 지팡이는 척박과 인내 속에
피어나는 아름다움을 일깨우고
가마니 단가들고 운동장 확장공사 일은
소년의 가슴에 근면과 봉사정신을
싹트게 하였고

유래 없는 가뭄 속에 도랑치는
시간은
자연재해의 무서움을 알게 해주고
부석사 선묘바위 기우제 이어
찾아온

소나기는 사람의 정성과
신의 위대함에 순응해야 한다는
가르침을 새기게 하는
척박하고 가난하였지만
잊지 못할 고향 그늘 이었네.

고향산천 5

어느 날 고향동네 밭둑에서 친구들과
어울려 뛰어다니는 꿈을 꾸었다
우리 집 밭은 배골 이라는 골짜기에 있었고
그 밭에서는 철따라 보리 조 밀 수수 콩
고추 배추 무우 등 온갖 밭작물을 길렀고
우리의 생명줄이기도 하였다

어린나이에 어머니 할머님들을
따라 다니며 어른들이 오뉴월 땡볕에
구슬땀을 흘리시며 종일 밭일에 진력하시고
고단한 날들을 생활과 운명으로
여기시는 것을 보며 듣고 자랐다

그 어린 시절은 모든 수입과 생활이
논밭에 달려있고 그 속에서 나왔다
그러니 생활은 어렵고 심지어는
저녁꺼리가 없는 집들도 있는
힘든 시절 이었다

특히 보릿고개라는 춘 삼월은
많은 사람들이 더욱 어려웠다

세상이 변해
그 시절을 지금의 젊은 세대는
알지도 못하고 이해도 어려울 것이다

칠순이 다 되어가는 시점에서
우연한 꿈을 떠올리고
그 어려운 시절을 회상하며
어머니 아버지 세대들을
추모하고 기리며

젊은 세대들에게 선진 현대화 된
현세 이전의 시절을 생각토록 하는
계기가 되고
어느 시절 시대나 어려움은 있는 것이니
다소나마 인내와 성찰 자기 발전의
쏘시개가 되었으면 하는 생각이
간절하다.

낙화암천 1

우리 도탄동 앞 건너 감살미와 사이에는
내가 하나있다
부석사에서 내려오는 낙화암천이다
여름이면 물놀이하고 고기 잡고 겨울이면
시겟도(썰매) 타는 꿈의 냇가다

감살미 동네는 여름장마에 큰물 지면
학교 온 애들이 어른 등에 업혀 하교하는
그런 동네다
정월 대보름이면 쥐불놀이 대결에
우리는 흥분했고

감살미 어귀 고목 느티 미류 소나무에는
천연 기념물 백로(황새)떼가 살고 있다
길고긴 목과 넓은 날개 비상하는 군무와
먹이 찾아 다리 꼬는 근엄한 자태는
군자의 모습이고
산란철에 어른 주먹만 한 알은
약삭빠른 친구에게는 좋은 간식거리였다

건너편 윗 편에 무덤실이 있다
겨울이면 그 동네 애들과 석전 놀이에
밤이 깊어지는 줄도 몰랐고
싸움은 쪽수가 많은 우리가 늘(?) 이겼었다.

낙화암천 2

낙화암천은 보배였다 보리 베는 6월
모내기 철에 물길 따라
자라가 떠내려 오고
강변엔 청석이 수두룩해 우리는 하교 후
모두 몰려가 청석을 두들겨 다마(구슬)
만들기에 여념이 없었다

냇가에는 아카시아가 촘촘하여
꽃 따러 씨 따러 가고
싱싱한 풀이 많아
소 풀 뜯기고 소꼴 베기에는 천상 이었다
그러나 장마철 세찬 물결은
제방을 무너트려 온 들판을
황토 물결에
휩쓸리게 하는 아픔도 있었다

번개치고 천둥 따르고 큰물 지고 굉음에
소용돌이 치고 장대비 오는 날
낙화암천은 두려웠다
허지만 불어난 맑은 물에 멱 감는 그날은
사랑의 물결 이었다
아! 그날 그때가 그리워 꿈속에서 헤맨다.

어머니

동트는 새벽 어스름이 아직인데
물동이 머리에 얹고
넉넉지 못한 살림에 힘든 기색 없이
정성들여 아침밥 지으시고

고랑이 마다 무성한 잡초
걷어내시느라 한 더위와 씨름하고
뽕잎 달게 먹어라 밤새워
누에를 지키네

올바른 자식 만들려 사랑의
매를 드시니 종아리 부르터
힘들어 하였던 어린 마음 이었지만
돌아서시어 두 눈 붉히시고

일제고사 우등 상장 들고 뛰어오는
아들 장하다고 함박 웃으시니
그렇게 고우신 그 모습 가슴과 눈에 선한데
이제는 꿈에서나 뵐 수 있으니

세월이 흘러 어리던 자식도
백설을 머리에 이고
지나간 세월 못 다한 효도에
서럽고 그리워 눈물만 삼키네.

번데기

더웠다 푸르디푸른 뽕잎 가득히
베어 먹고
통통히 살이 올라 늙어진
누에
살뜰히 겹겹이 드리워진 고치

화덕에 펄펄 끓여 물레가
돌아가니
하염없이 옆을 지키는 꼬마들
드디어 고치 속에서 탈바꿈한
번데기

그들의 최대 간식이 되고
실타래 엮은 할머니 어머니
주름진 손등에
세월의 연륜이 익어 있고 묻어나
한낮의 더위를 식혔네

손주 이뻐 굵다란 놈으로 골라
먹여주시던 님이시여
세월이 흐르고 흘러

우리들 님의 그 시절을 훌쩍 넘겼지만
갈수록 그리워지는 번데기와 할머니
어머니 손

한여름의 뜨거운 열기 돌아가는
물레
곱게 꾸려진 명주 실타래
가슴 설레고 미어지는 그리움 보고픔
한가득 품어 안고 이 세월 흘려 흘려
보내고 또 보내고 매만진다.

어머니와 조밭 1

뙤약볕 이글거리는 유월 한 낮
긴 이랑에
어머니의 손길이 분주하고
사이사이 흐르는 옥구슬은
수십 년을 살아온 인고의 흔적이고
구부린 허리
펴지며 새어나온 한숨에
서울 간 아들의 모습이 어른거리고

뽑아든 잡초엔
시집간 딸아이 산고도
이웃집 순덕이네 황소 빚더미에
넘어감도
철이네 밀가루마저 떨어진 절박함도

늦봄 보릿고개에 애달픈
숱한 사연들
몽땅 묻어 뽑히고
긴 장마 이기면
한 뼘의 조도 큰 키를 자랑하며

둘째 공납금 비료대금 장리쌀
그 모두를 품을 것이니
올 가을 풍성한 꺼리를 그리고
한골 두골 줄어든 이랑사이
덕성이네 애틋하면서도 힘찬
가락은 아랫동네
현철이 아버지 가슴을 때리 네.

어머니와 조밭 2

어스름 저녁 햇살 서산 허리에
걸릴 때
아침에 건진 보리쌀 쉬지 않고
감자 긁어
허기 채우기를 다짐하고

논 갈고 쟁기 챙긴 아범 마주하며
쌍긋 웃음으로 산골 하루는 저물고
풀포기 무성하든 조밭
어느새 촌아이 삭발하듯
싱싱한 밭 기운 저녁 바람에
실어 날고

내일 내년 쌀 걱정 돈 걱정
없어지고
이 한해 아픔 없이 무탈토록
꽉 잡은
호미자루 깊이 파고 든다

세월이 흐르고 세상이 변한 이제
조밭에는 하우스가 들어서고

호미도 사라져 트랙터가 밭을
일구고

보릿고개의 쓰라린 아픔도
무수한 고달픔도
추억으로 남으며
고향 떠난 아들은 아련한 향수에 젖어
어머니의 품안을 그리워하며
상념에 묻힌다.

오! 무릉

삼복의 으스름 날 무릉의 골짜기
사랑에 넘치는 가족과 함께 오르니
두타 청옥 두 신산이 뿜어내는
숨소리
시원한 물방울은

우리의 가슴과 머리를
식히고 맑게 하니 무릉도원이
따로 그 어디에 있으랴

용추 쌍폭 용오름은
신비와 성취를 더하고
삼화사 고찰은 중생의 구제와
자비가 넘치고

무릉 반석의 일필휘지는 옛 선비의
정취와 기예가 뻗치니
오 !
여기가 진정 심산계곡 도원의
극치인 지고.

라일락 향기 그윽하니 1

새벽 녘 별들이 총총한 그 속에
찬바람 일어 우리네 상념을 일깨울 제
까까머리 칼라 깃에 교모 단정히
정다운 그들이 한마음 되었을 적으로
돌아가니

어찌 그날 그때 새겨진 진한 우정과
그 큰 뜻을 되새기지 않을 수 있으리
세월은 무심히도 백발을 머리에
얹히고 주름이 하나둘 늘어 갔지만

연연이 이어진 그날의 앳된 청춘의
기백은
쉬임 없이 이어져 어언 50년이
되었으니
아 ! 이 어찌 장하지 않으리
자랑스럽지 않으리 영광스럽지 않으리
스스로 취해 보네

우정과 초심을 잃지 않고 순수한 그 마음
그대로 간직되고 이어 졌으며

고단하고 치열한 삶의 현장에서도
언제나 잊은 적 없고 함께하여
아름답고 정겨운 라일락 패밀리를
이루었고

반백년 전의 뭉치고 하나 된 뜨거운
정열은
거친 세월의 거센 물결에도
저 마다 할 일을 다 해
성취를 이루고 이바지 하게 하였고.

라일락 향기 그윽하니 2

이제는 영광과 굴곡의 세월을
뒤로하고
여유와 낭만을 찾아 세상 어디라도
다 함께 이르게 되었네
다만 몇몇의 동지들이
하늘의 부름을 먼저 받아
아쉬움과 안타까움이
내면 깊숙이 자리하지만

정성껏 이루어 온 삶의
보금자리는
라일락 동지들을
몇 배로 늘어나게 하였고
함께하고 영원 할 것일 진데
이 또한 자랑스럽지 않은가

오늘 보람과 환희를 한 아름
끌어안고
남은 세월 그 이후에도
건강한 삶과 변함없는 우정을
진정으로 기리며

순박하고 청순한 그 시절 그 모습으로
함께하고 살아 온 라일락 가족
모두의
순정과 열정을 축복하며
축배의 잔을 높이 들어 올리세.

라일락의 나들이

아침나절 한강의 프라다나스
가지 위 까치가 울었던 가

성산대교 난간위에 걸리는
저녁 해는 늘 같은 모습이지만
햇빛과 바람 구름의 모양에 따라
언제나 같지는 않으니

뿌리 깊은 라일락이 서울 나들이
한다니
70 노구도 설레는 마음은 어쩔 수
없네

인명은 재천이고 일찍이 진시황도
두 손 들었고
그래도 이 많은 평생 동지 지기들이
언제나 함께했다는 자부심에
어깨가 절로 펴 지내

젊은 시절 호연지기를 뽐내며
세상을 휘젓고 다니든 호시절을

뒤로하며
따뜻한 우정과 보살핌을 한 아름
부여안고

오늘 이 소찬을 함께하며
라일락 형제들의 장수와
편안함을 이 글귀 한 귀퉁이에
새기며
아 !
라일락이여 건강 하라 그리고
무궁할 지어다.

라일락 우정의 여정

손에 손 잡고 달려갔던
안개속의 동화 같은
동경의 현장도
이젠 우리의 발아래이고
삼삼오오 어깨동무 한
반백년을 넘어 달려온
동지들의 품안에 감싸이고

노익장 과시 속에
탬즈강의 다리도
쎄느강의 물결도
융푸라우의 웅장함도
베니스의 상인도
폼페이의 환락도 이제
라일락의 진한 향기 속에
그 빛이 바래네

우정은 쌓여
지구촌 방방곡곡에
그 자취를 남기니
아!

라일락이여 영원히
꽃 피우고 튼튼하여라.

윷놀이

세월을 이겨온
모야 소리에
순흥하늘이 들썩이고

70고개를 넘어선
라일락의 혼들은
오늘도 꺾임이 없네

언제나 함께하는
굳세고 끈끈한 정은
예나 지금이나 한결 같고

남은 세월
서로의 건강과 환희를
보듬으며

다가오는 숱한 밤낮
그침 없이
함께 하리.

한마음 회

어느 날 소띠 쥐띠들이 모여
그들의 생에 윤활유가 되고자
뭉쳤고
반백의 머리에 의지를
앞세우고 대포 한잔 기울인
그 것이 십여 년이 다 되었네

서울과 지방을 오가며 눈에 안 보이는
끈끈한 우정을 이으며
우리는 어깨동무 하였네

여기에 감동하여 쥐띠 소띠
또 다른 띠들이 머리를 맞대어
그 이름도 한마음회로 되어
그 모임이 잦지는 아니하여도
마음속 깊이 자리하여
그들은 언제 어디서나
한마음이고 한 가족이고 함께 하였네

비록 일부 동지들이 신천지를 찾아
그 빈자리가 크다 할지라도

우리는 흔들림 없이 굳건할 것이고
한마음 회 정신 그 정신이 영원할 것이니

노익장을 과시하며 건강하고 아름다운
삶속에서 그네들은 공헌하고
봉사할 것이고 상부상조의
미덕과 작을지라도 아끼지 않는
정성을 다할 것이니

아!
그 이름 한마음 회
그대는 영원 할 지니라.

산계 뜰

야밤 보름달 휘영 찬 산계 뜰
평상위에 둘러앉은 늙수그레한
사나이들
그들은 한마음 회 역전의 용사들
고단하지만 열정적으로
보람을 간직하며 은퇴한 장한이들

다시 옛정을 다지며
끈끈한 우정을 이어가는
그들이기에
보청 천 눈치도 참마조도 반겨주고
병석친구 앞마당의 대추 상추도
웃어주고

기울인 한 잔 술에 어지러운 상념일랑
비워버리고
아프지 않는 여생과 새로운
삶의 환희를 기도하며

연연이 이어져갈 한마음의 끈들을
더욱 굵고 길어지도록

산계 뜰 들바람도 밀어주니
오늘과 내일 또 그 다음날
웰빙의 날들은 그침이 없고
또한 영원하리.

울산 여로

새벽이 되어 설친 잠을 이끌고
20수년을 동으로 서로 남으로 북으로 함께 한
옛 동지 선배와 칠백리 남녘 길에 오르니
벌써 옛날이 되어버린
노동현장의 애환들이 주마등 같이
파노라마 같이 캡쳐되고

건승하는 후배 동료의 예리하면서도 온화하며
실력있는 모습들을 그리는 발걸음은 가벼웠고
태화강 변 십리 대밭은
노년의 정기를 더해 줌에
더없이 맞춤 그린~에너지 되었고

오랜만에 또 처음으로 맛 본
고래 그 녀석은 우리를 위해
바다의 제왕이었는 것 같았으니
해 저물어 어스름이 내려앉은
당사 포구 용솟음치는 동해의
거침없는 파도는
웅장하고 위대함을 뽐내었고

오랜만에 손발 맞춘 고스톱은
즐거움과 재치와 안타까움을 더해 주었으니
아마도 지상 최대의 엔돌핀 공장이 아닐 런지
주상절리는 태고의 신비와 자연의
섭리에 저절로 고개 숙이게 하고
겸손함을 더하게 하니
우리네 삶을 다시 돌아보게 되고

여로 내내 정성과 보살핌에 헌신한
울산 동지의 그 살뜰함에
함께 못한 동지들의 아쉬움까지
덜어 낼 수 있었으니
내일의 또 다른 모습의 성노회는
더 정겹고 아름답고 강건해지지 않으리라
그 누가 말할 것인고.

선비 촌

달빛 교교히 온 누리를 비추고
상쾌한 새벽바람 고택의 찬연한
기와지붕을 감싸고
높다란 대청 길 다란 담 벽
그 너머로 구부러지고
정감어린 골목길

뒷짐 진 촌로와 분주한 아낙의
헛기침과 수다와 함성이 들리는 듯 하는
영주 선비 촌
머리와 어깨를 맞대고
이어지는 촌락
공방과 저자거리 서당과 동헌

양반과 상민 골 원과 아전 학동과 농민
그 모든 이들이 종으로 횡으로 어울려
치열하고 애잔한 사연들을 지어내고

수천 년을 이어오고 만들어 온
옛 사람들의 삶이 고스란히 녹아있고
살아있는

대감댁 사랑방에서 하룻밤
꼿꼿하고도 강인하며 어진 선비의 기질을 맛보니

이것이 고뇌와 인고와 성찰을 참으로 하는
선현들의 참된 삶이 아닐 런지
도회의 분진과 고단하고 번잡한
생활을 뒤로하고 느긋하고도 넉넉한
심정을 한 가득 채우고

또 다른 웰빙을
향해
삶의 지혜를 맞이하고 만들어 내고 즐김이
어떠하리.

탄생 그리고 세월

어느 날 새벽 닭 힘차게 훼치든 날
동산에 달님 고웁게 머리 내 밀고
바람이 고요히 골목길에 흐를 때

그날 우리 님은 힘찬 고고성을
울리며
이 땅에 태어났음을 알렸네

많은 세월이 지나고 만물이 그 자태를
수없이 바꾸어도
한결 같은 그 숨결은 언제나 고르었네

또 다시 세월이 흘러 흘러 갈 지라도
그네의 그 모습은 변함이 없으리라
굳게 믿으며
오늘의 열기를 이겨 내네

별과 구름이 저녁인사를 건네는
이 순간
아름다움은 우리 모두의 가슴속에서
속삭이고

또 다른 여정을 함께 할 우리네의
속마음은
붉게 타는 저녁놀의 황홀함에 젖어들어
서로의 인연을 더욱 멋들어지게
이어간다.

고희

인생 칠십 고래희라 하였지만
산천은 의구하고 시절은
변함없는데
우리네 인생 초대도 없이 찾아 준
백발과 더불어 어르신에 입성하고

마음만큼 따르지 못하는 몸은
저만치서 홀로 뒤뚱거리니
내 한 몸 보전함이 숙명이 되었다

그래도 동지와 형제애를
소중히 여기는
우리의 벗과 가족이 함께 있음에
이 아니 다행이고
즐겁지 아니 한가

희연에 원근과 사무에 구애 없이
한데모여 이순을 뒤로하고
종심소욕에
이른 우리들의 자축을 축복하니
어찌 기쁘고 다행스럽지 않으리오

세월이 흘러 더더욱 늙어 가더라도
반백년을 넘어선 라일락의
향기는 변함없이
창설시 소싯적 순백함을 고이 간직한 채
우리들의 가슴 깊숙이
자리할 것이리라.

2 부
한강 곁에서

얼어 버린 한강

삭풍 매서울 제
갈 곳 잃은 저 물결은
뒤덮은 빙 하에 갇히고

끝없는 풍상 속에
오늘을 살아가는 우리네
애환도 그 속에 가두고

언제나 덧없이
아우성치는 저들의
시샘을 잊을 수 있을 런지

풀리는 날
녹아나는 얼음을 박차고
내님은 넘쳐나는 용기에 올라타

무뢰배의 한량없는
욕망의 굴레를
거침없이 부숴버리리.

강물 그 속의 꽃잎

바람이 이니 강물이 춤추고
춤사위 무르익을 제
새하얀 꽃잎은 더불어 출렁이며
곱디 곱게 돌아가네

꽃잎 속에 감추어진
님의
숨결이 고르게 갈아 앉을 제에
가슴 깊숙히 젖어든 그리움을
곱씹는다

물결은 언제나 같은 곳으로
흐르나
남겨진 그네의 아련한 뒷모습은
내안
열정의 그림자를 감추어 버리네

언젠가 이루어질 애틋한
정념은
한 아름 가득히 품안에서 소용돌이 되어
벅차고

강물 속에 흐르는 꽃잎은
가이없이 찾아갈 내님의 숨결을
온몸으로 감싸며
쉼 없이 흐르고 또 흐르네.

강변

뜨거운 열기 아직도 식지 않고
밤바람을 맞는 백일홍도 아직은
가쁜 숨을 몰아쉬고

산책로 오가는 사람들은
무슨 생각에 잠길까
아마도 한낮 대지를 녹여 하나로 만들지도
모른다는 억측에 젖어 있을지도

샛별 더욱 빛나는 저녁나절
별빛 속에 무엇이 떠있을까
고무신 거꾸로 신고 님 마중 하는 여신의
치마 자락이 휘날리고 있을까

생각은 청춘열차 같은 모험 속에
강물에 가라앉고
헛 발길질에 뜨겁고 뜨겁던 하루가
강변에 머물러 속삭이고 있네.

한강 저녁 풍경

모처럼 저녁바람 옷깃을 펄럭이고
저녁을 잊은 젊은이들 농구와
함께 뛰고
강 건너 여의도 영등포 목동에는 오색 불빛이
찬란히 강변을 비추고

저 많은 빌딩 주택에는 나름의
희로애락을
벗하는 중생들이 옹기종기 모여
세상의 삶터를 다듬어 가겠지

창공의 상현달은 할머니 머리 빗 얘기에
열중하고
건강지킴에 열중하는 산책객들
강바람에 올라 타내

대지는 바짝 마르고 폭염의 힘든
날들
설움에 젖기 보다는 강인한 인간은
적응의 묘미를 보여 주고

함께하는 세상은 축복 속에 싸이고
동행과 배려 포용은 우리들의 생애를
더욱 알차게 하리라
어둠이 내려앉은 저 강물은 들썩이네.

강태공

한낮 더위는 폭염 수준이다 더위를
잊는 방법은 많다
오늘도 강변에는 태공들이 있다
전문가도 심심풀이도 있다

힘껏 낚시 대를 던진다 그때 돌개바람이
분다
그만 낚시 바늘이 강물이 아닌 옷소매에
들어붙었다

자승자박이라는 말이 떠오른다
어떤 모사에 자기가 걸려드는 때를
말한다

정상적이든 비정상적이든 우리는
늘 그런 모의 속에 갇혀 산다고
할 수 있다

강물속의 물고기 마냥 돌발적인
바람 탓이든 서투른 낚시질 때문이든지
모의 속에서

걸리든지 해방하든지 세상을 살고 있다

세상의 모사꾼들이여 강물속의 물고기
같은 우리 신세 잘 살피어
억울하게 얽혀 세상살이 한탄케
하지 말지어다.

한강 참새 떼

소리 내어 출렁이는 강 물결 망초대도
벌써 꽃을 버리고 씨앗을 품고
그 사이 떼지어 먹이 찾는
참새 그들의 날개 짓을 바라보며

어릴 적 초가집 추녀 끝 숨겨진
참새 집에
꼬부랑 전지 비쳐들고 참새 잡이 하든
그날이 벌써 수십 년이 지났으니
세월은 쉼 없이 흐르는 저 물길 같아

새삼 참새구이 하는 상념에 젖어
짹짹 거리며 손짓하는 저네들의
유혹을 뿌리치려 애써보네

다시 세월이 온다면 자유로이 꾸밈없이
강변을 누비는 그들과 동무되어
어지러운 이 세상 한가로이 보냄은
어떠하리.

강물은 출렁이고

강변 계절을 잊지 않은 풀 냄새는
변함이 없고
출렁이는 강물은 세월 따라
소리 내고

강바람 편에 찾아온 3월은
속옷을 드러내고
날아오르는 오리 떼는
먹이사냥 마친 듯 둥지를
향할 적

세상을 품은 저 하늘은
희뿌연 연무에 싸여 모든
아픔을 가리고

연약한 인간들은 시련을
딛고 일어서는 굳센 의지를
다잡을 때

떨어지는 자갈인양 한 움큼
움켜지고
뒹굴며 떠내려가네.

한강

수천 년 수만 년 흘러온 반도의
허리 겨레의 젖줄
산허리 골짜기 들판 휘몰아
감싸고
수백 리 굽이굽이 민족의 터전이 되고

연변 옹기종기 둘러 앉아 삶을 이루고
생을 얻고 생을 마감한 수천 년
숱한 애환 갈무리 하고 오늘도
유유히 흐른다

등짐지고 뗏목 나르고 고달픈
여정도 품안에 안았고
현대화의 변화에도 그 원천이
되었네

계절 따라 이루어지는 산천초목의
생명도 너그러이 포용하고
만민의 먹을 물도 레저의 바탕도
모두 내어주고 한강은 오늘도 내일도
넉넉하게 끊임없이 살아있다.

물결

출렁이고 소리 내고 또 조용히
이 세상 풍진 모두 껴안고
힘들어도 내색 없고 즐거워도
변함없고
그 많은 세월 그 곡절 슬어 담아
고이 간직하고

오늘도 내일도 쉼 없이 흐르니
잘남도 못남도 있음도 없음도
품안에 가득히 안아들고
하루이틀 끝없이 일렁이니
그 품은 넓고도 넓어 한 량 없구나

마주앉은 벗에게 곡차 한잔
권하니
술잔에 어린 친구의 애환이
그려지고
무엇에 쫓겼는지 바삐 보낸 세월
또한 술잔에 비춰 지네

흘러가는 물결 마냥 너와 우리들 세상

속절없이 사라지니
남은 세상 구석구석 잊지 말고
돌아보아
남김 없고 후회 없는 이세상의 애증
흘려 흘려 다독이고 들어보고
껴안고 뒹굴어 봄이 어떠리.

갈매기

어디서 왔는가 인천 앞바다 인가
강화도 인가
높이 솟구쳐 드넓은 바다 강물
샅샅이 훑터 찾는 먹이
놓칠 수 없는 생존의 한마당 펼쳐
보이고

날지 못하는 인간 갈매기 등에
업혀
긴 안목에 너그러움 느긋함 보살핌
마음 가득히 한 아름 안고
바다 강 드넓은 세상 어디든
날아가고프고

속세를 떠날 수도 버릴 수도 없는
우리네 속인들 자유로운 저네들의
날개 짓에 선인의 가르침 한가득
얻어
오늘도 내일도 천지만물을 보듬어
쓰다듬고 갈고 빛내 보련다.

억새

군락을 이루어 더욱 푸른 가
곧게 자라나 연연이 새싹을
돋고
장대마냥 큰 키 자랑 하네

바람에 흔들려도 부러지지
않고
언제나 제자리에 돌아오니
선비의 기상 일런가

서로 부대껴 아플지라도
굳굳이 참고 으악새 소리
곱고도 애간장 태우는 노래로
심금을 울리는가

사라지고 옅어지는 선비의 정신
첨단의 세월로 변천을 거듭하지만
인성을 되찾는 것은 인간애의
되살림이 아닐런지

바람 부는 날 억새밭에서 변화하는
세상을 바라보며
모두가 변함없는 억새 마냥
꿋꿋하고 참된 세상을 기다린다.

황토 물

이슬비 소나기 장마 비
휘몰아 치 듯 내리고 쏟아지고
계곡도 강물도 넘쳐
뒤덮고

거센 기세에 산야는 힘없이
제 몸을 내어주고 붉디붉은
황토 물이 되어 굽이굽이
소리 내고 소용돌이치며 흐른다

수십 년 수백 년 지켜온 산골짜기
떠나는 심정 애절하게 그리움만
남기고
말없이 때론 울부짖으며 떠난다

선 한자는 복을 받고 불선 자는
화를 입는다는 운명의 그늘에
갇히었든가
그래도 수없는 비바람에도

꿋꿋이 지켜낸 그 정성에 하늘도

감동하였던지
버려진 잡동사니는 쓸어 모으고
기름진 진흙은 만물의 거름이 되고
황토 물은 거침없이 세상을
껴안고 흐른다.

3 부
꽃은 피고 지고

풀잎과 꽃잎

강 따라 기대선 숱한 풀잎들
강물이 불어날 땐 물속에서
속삭이고
속삭임에는 엊저녁 세찬 빗줄기의
때림도

강물이 줄어 고개를 휘둘러
볼 때는
먹이 찾는 오리 떼의 분주한
물질에 젖어들어 함께
물질하고자 하고

강 언덕바지 지난여름
빗물과 햇볕에 잘 익어진
온갖 꽃잎들이 미소 지으며
저 멀리 나르는 구름을
좇아 날아 오른다

밤이 온다
덮어 쓴 이슬의 서늘함도
잊은 채

한 낮의 따가운 햇살의
심술을 넋두리 한다
풀잎과 꽃잎은 밤새 그랬다.

나팔꽃

어제 밤 바람이 잦아들었던가
아마 달빛이
교교히 온 누리를 감싸 안았었겠지

밤새 이슬이 대지를 흠뻑
적셨네
아무도 모르는 사이

철로 변 잡초 속에 강인한
트림을 하며
솟구친 나팔꽃 넝쿨

이 아침 어떤 소리를 내려고
이다지 떼 서리로 꽃을 피여 올려
이렇게
우렁차게 나팔 소리 울려 대는 가

가신님 버려 버리고
새님
받아 드리려는 가
언제나 기다림은 있으니

짓궂은 태양아저씨 심술부리기
전에
할일을 다하겠다는 듯이

이른 아침 나팔꽃은 우렁차고
우렁차내
만방에 널리 퍼지도록.

꽃잎

떨어진다 붉은 꽃잎이
바람이 일었던가 빗방울이
스쳤던 가
화려한 자태 한껏 뽐내더니

삶의 무게가 무거웠던 가
생활이 지루했던 가
붉은 꽃잎
소리 없이 쓸어 진다

적벽루 낭끝에 아로새긴
한줌의 여망을
고이 흩뿌리며 떨어진다
붉은 꽃잎

내일 또다시 피어오를
꽃망울을 떠올리며
구만리
내안의 참된 꾸러미들이
부풀어 부풀어 쌓이고 쌓이도록

가위질 소리가 아득히
벽장에 스며든
한 움큼의 참된 봉오리
헤치며
붉은 꽃잎 떨어진다.

6월 아카시아 꽃

햇볕도 무르익고 한낮은 길어
나그네의 발길을 재촉하는 데
산기슭 골짜기 능성이
어느 곳에서나
향기를 뿜내는 아카시아 꽃

희디 흰 배꼽을 들어내고 알아주든
말든
그 향기 수리에 뻗고
찾아온 벌 나비 마다 않고 품안에
안으니

인자한 도리는 숙녀 보다는 군자에
가깝고
그 달콤함과 씁쓰름함은
인생의 쓴 맛과 단 맛의 상징이리

짙어가는 녹음과 익어가는 보리 싹을
보며
땔감 부족 시에 한 몸 바쳐 밥 지었고
춘궁기 어려운 살림에 떡부쳐 허기
달래고

모래 흘러 위험한 산야 사방의
보루가 되었고
달고 단 벌꿀은 인간을 깨우치니
6월 고단한 이웃들에 벗이 되었던
아카시아 향에 취해본다.

꽃잎에 입맞춤하고

밖은 7월의 성하답게 이글거리고
이안은 그래도 문명의 이기 덕에
더위를 이길 수 있으니
다행이라고 해야 하나

벌써 2년째 4번 입원하고 1달에도
몇 번 씩 병원 신세를 진다
굳은 마음속에 완쾌를 꿈꾸나
그것이 어디 뜻대로 되는 일인가

신촌역 철마는 그 종류도 다양하게
수없이 달리고
양지바른 언덕 산 밑 패랭이 제비꽃
수렁엔 창포가 그 꽃들을 다하고
새 생명을 잉태하며 본분을 다 하겠지

이제 남은 세월 병마를 떨어내고
불 꽃 같은 노년의 기개를 보여주기
바라며

오늘도 자주색 연한 꽃잎에 볼 비비고
입맞춤하며
힘껏 달리는 철마와 함께 뛰어본다.

갯버들

바람에 날려 왔던가 강물에 흘려
떠 왔던가
한강 둔치 돌 더미 속에 갯버들이
무리지어 자생 한다

이른 봄날 가장 먼저 노랑솜털을
자랑하며
그 줄기엔 가장 먼저 푸른 물이 오른다

봄의 전령임을 자부하고 제 할일을
잊음이 없이 세상에 거침없이
꽃을 피우고 씨앗을 날린다

한여름 그늘을 만들어 주고
그 싱그러움은 더위에 찌든 인간들의
위안이 되고 때론 박새의 보금자리
틀도 된다

공자는 30이 되어야 립하고 40에
불혹이라고 했다
사람은 40년이나 지나야 사물의

이치를 깨우치고 거침이 없다고 하지만

갯버들은 몇 년이면 세상에 이름을
알리고 제 할일을 다 한다
오늘도 물끄러미 갯버들의 그늘 속에서
갯버들의 생명소리 들으며
이글거리는 8월의 태양을 벗한다.

해바라기

뜨거운 열기와 노란 왕관이 잘 어울리는
염천의 뙤약볕에 아름답게 길들어진
키다리 아저씨

온몸을 내맡기며 어떤 시름도 없이
커다란 얼굴에 맛난 씨앗들을
한껏 키워 달고 있고

한낮 고개 들어 지키든 해님이
잠들 때
아래에 거느린 망초 대 코스모스
굽어보며 지난 억겁의 세월을 속삭이고

점점 고개 숙여짐은 지난 인고의 세월
그 무게를 알아 감인지
찾아든 참새에게 얼굴 한쪽 내어주고

아픔이 무엇인지 즐거움이 무엇인지
해탈한 고승의 탈을 덮어 쓴 무상의
자태로
세상 만물의 고단도 환희도 보듬어 가네.

달맞이 꽃

산하에 아리따운 노랑꽃을 뽐내고
줄줄이 피어나는 그 자태
어스름이 내려앉을 즈음 더욱 아름다운
달맞이 꽃

고단하고 힘든 사람들의 좋은 약재가
되고
그 열매는 맛있는 밥상의 식재가 되니
아! 그대는 우리의 친밀한 벗이었든가

어스름 달빛이 교교히 내려앉을 때
힘든 여정의 일생을 돌이켜 보고
좋은 일 잘한 일 괴롭고 힘든 일
주마등같은 세월이 아니었든가

세월은 기다려 주지 아니하고 병마는
언제나 기회를 노리고
오늘이 가장 젊은 날이라고 하였든가
그래도 지난 세월 남긴 향기를
더듬으며
노랑 꽃 속에 남은 청춘을 묻어 본다.

억새의 둥지

지난해 남겨진 잔해 위에 또 한 해
억새는 부지런히 솟구쳐 싱그러움을
더해주고
바람이 일렁이며 소식을 전할 때
뜨거운 함성으로 답하며 싱글벙글하고

함성에 이끌려 찾아든 뱁새는
그 언저리에
둥지를 틀어 어미 노릇에 분주할 제
제배 채우기에 급한 또 한 녀석이
또아리를 푸니
가냘프고 힘없는 뱁새 목청만 돋우네

바람에 실어 흘려버린 수많은 사연들을
다시 불러 모아 제자리에 꽂을 때
아픔을 보듬는 큰 아름 속에서
사랑과 보살핌이
큰 줄기의 물결을 이루리니

세상사 어지러움을 마감하고
모든 이의

숭고하고 성스러운 열정을 한데 모아
출렁이는 억새등에 올려놓고
다함께 춤추는
그 세월은 언제나 있으려나.

찔레꽃

한밤에 하얀 서리가 내렸었나
찔레 순 위로 곱게 미소 짓는
순백의 고운 자태

선녀의 옷자락 인양 보듬어
슬어 안고
한데 어울려 정겹게 흩날리네

이봄이 지나면 싱싱한 가지에
붉다란 열매는 천상의 보물인가
오늘도
찔레꽃은 함박웃음을 그려낸다.

장미

벌판에 정들은 바람이 흐른다
풀잎 무성한 둔치에 이름 모를
꽃들이 지천이다

아이가 뛰어 간다
풀 섶에서 날아가는 풀벌레를
쫓아가는지

한편에 누군가 심은 장미 넝쿨이
붉디붉은 속내를 드러내며
오지 않는 임을 기다리는지 웃고 있다

장미 그 가시에 핏방울이 맺힌
손바닥을 펼치니
잊어버린 그날의 아픔이 새삼스럽다

그래도 곱디곱고 화사한
꽃잎들은 우리의 정념과 사랑을
시험하는지 모른다.

화단

봄볕 따사롭고 정겨운 아침나절
노랑병아리 굼벵이 먹이 채다가
질겁하여
어미 뒤에 부리나케 따르고

화단 한 켠에 노란머리 내미는
난초 너무나 신기해
잡아 뽑는 철없는 꼬마
질겁한 누나 달려와 혼낼 때

처마 끝 할머니 귀한 내 손주
감히 누가 야단치느냐 소리치시니
쇠말뚝에 매어진 송아지 깜짝 놀라
음매 어미 소 찾으니

살랑이는 봄바람 채마 밭 채소모종
살포시 보듬고
감자 씨 가르는 어머니 손놀림
더욱 분주해 지네

또 한해 배불리 건강해 지도록 기리며

논갈이 밭갈이 더욱
분주해지는 아버지 이마에도
봄날의 고단함과 부지런함이
살아 움직이네.

진달래

전령인가 화신인가 능선을 감싸며
연분홍 치마 자락 펼쳤는가
숨어든 아이들 볼마저 붉으니
하늘까지 타오르는 구나

곁을 지키는 님의 향기도
꽃잎에 내려앉고
사랑이 깊어지니 정감은 넘쳐나고
잊을 수 없는 열정은 마음 속
깊이 젖어든다

고운님 기다리는 순애보는
연인의 품속에 갈무리되고
애틋한 정에 이끌린 청춘은
새봄의
꽃잎 속에 더욱 아름다워 진다

오는 님이나 보내는 님이나
우리네 맘속에서 꽃피우고 살아 숨쉬니
그리웁고 보고플때 살포시 꺼내어
입맞춤 하리라.

4 부
새 생명과 건강을 찾다

신촌 여명

내려 다 보이는 경의선 이 새벽에도
둔중한 바퀴 지축을 울리며
아직은 차가운 밤바람을
숱한 사연을 실은 채 뚫고 달리고

밤새 꺼지지 않은 네온의 불빛은
마지막 남은 손님까지
불러들이며 녹이고

인생은 백 구비라고
하지만
어쩌다 찾아온 흔치 않는 병마와의 투쟁이
중반을 치달아 가고 있고

오랫만에 가져보려던
유럽여행도
까까머리 친구 그들에게만
맡기고
좋은 추억거리 듣기만을
기다리고

남은여생이 얼마인지 알 수 없는
일이지만
그래도 많이 남아 할 수 있는
모든 일을 마지막 화신이 되어
불 사를 수 있도록
밝아오는 신촌 여명에 기대본다.

백의의 천사

새벽녘 허지만 밤낮이 없는
응급실
나도 약물에 의해 하룻밤
곤히 잠들었다 깨일 쯤

곱디고운 손길이 잠시
옆으로 돌아누우시라는 말과 함께
어느 누구도 거들떠보지 않고
힘들고 불편하게 베개로 베고 있든
침대보를

침대에 제대로 씌우고
침대보 대신 환자복으로 된
단정한 베개를 베어 주심에
삼일 밤낮 동안을 불편하게
지내던 잠자리가 한순간에
편해지니

사람이 사는 동안 여러 수많은
행복한 순간이 있겠으나
비록 몸은 불편하여 응급실에

입원한 힘든 몸이긴 하지만
아무도 관심 없던 작은 불편함이라도

따뜻한 배려와 사랑의 손길로 보듬어
주어
잠시라도 행복하게 한 이 순간이야 말로
백의의 진정한 천사 바로 그 손길의
순간이 아니지 아니한가
세브란스 병원 응급실 B구역
백승연 간호사 선생님 파이팅.

신촌 마당

어둠이 깔리는 신촌 마당
하나둘 켜지는 네온의 불빛
오늘도 숱한 사연을
머금은 채
소리 없이 버티고 있고

오가는 수많은 인파는
무엇에 쫓기는지
종종 걸음에 바쁘고
치솟은 빌딩
아담한 주택 힘겨운 상가

기쁨과 다행과 아픔과 때로는
분노를 슬픔을
이기지 못 할 그들만의
회한이 서리고 서린 채
말없이 어둠에 싸이 네

그래도 저 멀리 여의도
마포 영등포
바라보는 노안은 아직은

바닥과 천장을 부릅떠 살피는
강함을 움켜잡고
잿빛 신촌 마당 속에 녹아드네.

기도

용광로 그 속에는
아직도 끓어오르는
그들의 열망이 남아 있고

그 열망을 끌어안고
오늘을 버티는 뭇 중생들은
새로운 환상을 꿈꾸고

바람이 일어간
저 하늘가엔 알 듯 하면서도
알 수 없는 희비의 쌍곡선이
있고

내일의 불확실성을
이겨내는 외침이 온 누리에
들끓을 때

이 새벽
울려 퍼지는 기도의 메아리는
가슴과 가슴을 굳세게
이어 낸다.

달빛

잠을 깼다
아직 자정을 넘기지 못한
시간이다
창공엔 상현달이 유난히 밝다

강물에 내린 달빛이나
창을 넘어 온 또 강변북로를
질주하는 차량에 내린 달빛이나
모두 은백색이다

어제의 고단함도
내일의 불안도 모두
은빛 속에 감추어 버리고
달빛은 너무나 고요히
내리고 있다

은빛 달빛 가장자리로
어둠이 깔리고 있다
아픔과 슬픔 모두 쓸어안은 채
어둠은 말 한다
아무 걱정 말라고 하면서

은빛 달빛과 어둠의 조화 속에
이 밤도 내일의 밤도
모든 사연을 감싸며 깊어만 갈 것이다
누가 건드리면 깨지고
사라지고 말 것만 같이 소중하게 스리.

새벽이 오면 깨어납니다

새벽이 옵니다 새벽이 오면 만물이
깨어납니다
나도 그 속에 끼어 깨어납니다

찬란한 아침 태양 빛줄기 듬뿍 받고
깨어납니다
나도 빛줄기 온몸으로 받고 깨어납니다

오늘의 할일 태산 같이 그러나 이룰 수
있다는 소망으로 깨어납니다
나도 오늘의 참된 일을 위해 깨어납니다

옆을 돌아보며 깨어납니다
저마다 못 다한
꿈들을 이루기 위해 깨어납니다
나도 옆도 보고 가슴 따뜻이 품어보려
깨어납니다

이 하루가 사라지기 전에 못 다한 작은 꿈도
어루만지지 못한 온정을 불태우기 위해
깨어납니다

나도 그들과 함께하며 오늘이 가기 전
더 많은 열정을 위해 깨어납니다.

여류 명의 웃음을 알게 하다 1

간밤에 여류 명의를 알게 되었다
그러나 마침 그 명의께서
출타하셔서
의료 실에서 기다리고 있었다

한참 만에 여류명의께서 들어 오셨고
나는 그 순간 나도 모르게
반가운
웃음이 절로 나왔다

이에 그 명의는 왜 웃고 있느냐고
물었다
나는 이제 명의를 만나 질병이 낫게 되고
그러면 인생 자체가 즐겁지
않겠나
하여 저절로 웃음이 나왔다고 하였다

그리고 나는 웃음 속에서 즐겁게
시료를 받았고
드디어 질병이 낫게 되었다

그때 잠을 깨니 나는 웃고 있었다
과연 웃음이 만병치료의 근원이구나
하는 생각이 들고
이 하룻밤을
웃음 속에서 보내게 되었다.

여류 명의 웃음을 알게 하다 2

3초만 웃어라 하는 얘기가 있다
이제 나는 매순간을 웃음 띤 얼굴로
남은여생을 보내야 겠다고
다짐하게 되었다

생각해 보면 비록 질병이 있으나
즐겁지 아니 한가
가족이 있고 나를 치료할 의료진이
있고
수많은 친구 지인이 있고 아직
할일 즐길 일이 수없이 많은데
왜 즐겁지 않겠나

이제 부터 나는 나를 보는 사람이
즐겁고
나 자신이 즐겁기 위하여
늘 웃음 띤 얼굴에
미소가 번지는 일상이 되도록
하여야 겠다
꿈속의 그런 명의도 늘 함께하게 시리.

아침이 온다

아침이 온다 어제도 왔고 오늘도 오고
내일도 올 것이다
그냥 오지 않는다 세상의 찬란할 기운
어둠을 몰아낼 기운 굳게 짊어지고
소리 없이 온다

되었는가 준비가 가슴속 깊이
들이마시고
머리 한구석을 비우고 또 가득 채워
매일의 나날에 끄집어
내어 쓸 수 있게

심신이 지쳐 그날을 감당 못하는
아픔이 있는 가
매일 기도하는 마음으로
아침을 맞지만
그 기도에 부응하는 열정은
힘을 받을 것인가

투병도 2년이 지났다 주변의
모든 사람들이

힘들어하고 자신의 정열도
그만할 뿐이다
그래도 치료의 효과가 있으니
재삼 힘을 내어본다

이제 몇 달이다 최선을 다해 이겨내자
그리하여 예전의 모습으로
돌아가 남은 인생의
불꽃을 피워야 하지 않는 가 파이팅이다
세상은 내가 부딪히고 일구고
살아야 하는 내 공간이니.

산성과 건강

아픈 몸 이끌고 산성을
오르니
그 걸음 몇 초가 지나 한발 자국
더뎌지고 느려지어

정상을 눈 위에 두고도
오르지 못하고
솔향기 찾아 돗자리 펴서

고단하고 힘든 몸과 마음
잠시나마 선열의 정기
듬뿍 받아 고단한 인생의
안식을 찾으려 그 옛날로 돌아가
본다.

꿈속에서 이병철 회장님을 만나다

어제 오후 5시경 아픈 허리는 계속아파
19시경 진통제를 맞아도 별 효험이 없고
밤9시경 더 심하게 아파 타이레놀 2개를
먹고 잠이 들게 되었는데
꿈속에서 삼성의 한 회사에 옵서버로
일하게 되었고

그 회사는 부실하여 부도 직전이었고
어떤 모임에 갔는데 그 곳에서
이병철회장님을 만났고
회장님은 내가 차고 있는 메달을 보셨고
그 메달은 아버님이 한문 글을 잘 쓰셔서
그 상으로 주셨고 내가 아버님 메달을
착용하고 일을 하게 된 것이고

그 결과 아버님 아들 인 것을 알아보시고
내게 부실회사를 정리
하라고 하셔 여러 우여곡절 끝에 간부들을
설득하여 회사를 정리하였고
회장님이
크게 칭찬하셨고

회장님은 성 밖에 허름한 집에 사셨고
또 유적지에 있는 유물 정리에 관심을
많이 두셨고 한 유적지 유물을
내가 정리하니 크게 칭찬하시고 삼성비서실에
간부로 일하게 하시고 일을 하는데
격려와 지도를 하셨는데

잠을 깨니 새벽 2시30분이고
허리도 거의 아프지 않았다
꿈속에서나마 나에게 오셔서 일을 시키시고
격려로 힘을 얻어 일을 완수하게 되고
칭찬 받은 것이
아픔을 이기는 동력이 되었다고 본다.

성취와 희망을 얻다 1

백혈병 암에 걸렸다는 진단에
혼란과 슬픔은 극에 달했고
상태의 악화로 중환자실에서
장염. 폐렴. 신장투석에 이르는
치료를 받은 후

급격한 체중 감소와 무기력은
감당키 어려웠고
잘 살아야 6~12개월 이라는
얘기를 듣고
세상을 정리하여야 한다는 생각에
젖을 때

큰아들 모교인 세브란스
의료진의 정확한 진단과 치료 가능
설명에 희망을 갖게 되었고
의료진의 적극적인 진료와 투약 처치로
점차 좋아지는 수치에 더욱
희망을 가지게 되었고 체력도
증진되었다

특히 주치의 이신 김수정 교수님과
민유홍 교수님의 정성어린
진료와 간호사 선생님의 보살핌과
첨단 의료장비 진료로
골수이식 까지 성공적으로
이루고
조기 퇴원하게 되어 얼마나
기쁜지 모르겠다.

성취와 희망을 얻다 2

내 나이 70 고령에 골수이식이
매우 힘들다는 얘기를 들었으나
나는 둘째 아들의 젊은 피와
세브란스 의료진을 처음부터 믿고
반드시
완치 하겠다는 신념과 의지가
있었다

그러기에 오늘 완벽한 이식
후
교수님의 기쁜 웃음을 뒤로하고
향후 치료 및 조리에
열중할 수 있을 것이다

아무리 난치병이라 하더라도
불치병은 사라질 것이다
성과 열을 다해 진료해 주시고
자신감을 심어 주신
교수님과 간호 선생님 등
세브란스 모든 직원 분들께
깊이 감사드린다.

한줄기 여명

산등성을 기어오르며 정상을
눈앞에 두고
비바람 풍진을 이겨 내겠다며
두 눈을 부릅뜬 당찬 사나이가
있었다

어디선가 독수리 울음의
파공성이 들리고
사나이는 두 눈을 감고
소리 없이 뛰어 올랐다
발밑에 수많은 흙먼지를 남기며

다시 바람은 바뀌고
솔숲의 짙은 향기가 은은히
풍겨 올 때 가슴을 펴고
그 향기에 취해 조용히 새로운 자리를
잡으니

천 길 낭떠러지도 안식처가
되어
휩싸이는 영롱한 구름에 안기고

퍼져오는 한줄기 여명을 쫓아
힘차게 거침없이 달렸고 나른다.

평설

원형(原形)에 대한
향수의 시적 형상화

유 승 우(시인, 문학박사)

원형(原形)에 대한 향수의 시적 형상화
— 류용하의 시세계

1. 들어가는 말

인간이 침팬지와는 98.7%, 고릴라와는 97.7%, 오랑우탄과는 96.4%의 유전자가 같다고 한다. 그렇다면 1.3%, 2.3%, 3.6%의 차이 때문에 원숭이가 아닌 인간이 된 것이다. 1.3%가 다르기 때문에 98.7%가 같아도 침팬지는 인간이 아니다. 이 1.3%가 인간과 침팬지 사이의 건널 수 없는 강이다. 이 1.3%가 바로, 인간은 왜 인간인가에 대한 답이기도 하다.

왜 인간인가. 1.3%의 신비(神祕)는 무엇인가. 신비(神祕)란 "눈에 보이지는 않으나 반드시 있다"는 뜻이다. 1.3%는 98.7%에 비하면 무시해도 될 것 같다. 그러나 그럴 수 없는 것이, 이 1.3%가 침팬지에게는 영원히 건널 수 없는 강이기 때문이다. 침팬지는 인간이 하는 짓을 98.7%까지 흉내 내면서도 언어만은 따라하지 못 한다. 그렇다면 침팬지가 영원히 건널 수 없는 강은 바로 언어의 강이다. 왜 인간인가에 대한 답이 이제 명백해졌다. 왜 인간인가. 인간(人間)이란 우리말로 '사람사이'이다. 혼자서는 '사람사이' 곧 '사회적 존재'가 될 수 없다. 그러니까 말을 씀으로 해서 '사람사이'가 형성될 수 있다는 것이다. 다시 말해 '말씀'으로 인간이 된 것이다. 이 '말씀' 곧 언어가 인간이 되는 조건인 것이다.

시는 말씀 곧 언어예술이다. 예술(藝術)의 예(藝) 자는 "인간이 나무를 심는 모습을 상형한 글자"이다. 자전에서는 이 글자를 '씨앗을 심다(種也)'라고 풀이하고 있다. 인간은 왜 나무를 심는가. 숲을 가꿔 열매를 맺기 위해서다. 여기서 "열매는 나무에 맺힌 자연의 결실이고, 시는 사람이 지은 생명의 열매이다"라는 은유가 성립된다. 그렇다면 예술(藝術)은 나무에 맺힌 열매처럼 자연스러운 예술작품을 짓는 기술이란 의미가 된다. 나무에 열매가 열리는 것은 자연이며, 사람이 시를 짓는 것은 인위(人爲)이다. 예술은 비록 인위(人爲)이지만 나무에 열매가 열리듯이 자연스럽게 작품을 창작하는 기술이란 뜻이다. 왜냐하면 인위(人爲)의 인(人)자와 위(爲)자를 합하면 거짓 위(僞)자가 되기 때문이다. 자연의 열매가 거짓 없는 '생명의 창조'이듯이 예술작품도 거짓 없는 예술적 진실의 구현이 되어야한다는 의미이다.

사람(人)은 곧 글(文)이다. 그래서 사람과 글, 곧 인문(人文)은 한 몸이다. 인(人)은 공간에 존재하는 육신의 상형이고, 문(文)은 보이지 않는 마음의 상형이다. "원래 글을 뜻하는 글월 문(文)자는 사람의 몸에 심장을 그려 넣는 모습을 상형한 글자라고 한다. 좀 더 자세히 말하면, 죽은 사람의 가슴에 심장을 그려 넣음으로써 부활을 기원하는 의식의 한 과정이었다."고 한다. 그러니까 글(文)은 사람의 심장 곧 마음이다. 그러한 인간의 이미지가 인문(人文)이며, 시(詩)인 것이다. 그래서 하이데거는 시를 '인간존재의 구현'이라고 했다.

류용하님이 『서천에 흐르는 소백산-고향산천과 새 생명』이란 시집을 출간한다고 한다. 시는 마음의 꽃이고, 시집은 그 꽃밭이다. 꽃은 나무의 예술이며, 시는 사람의 예술이다. 이제 류용하의 마음의 꽃밭을 거닐며 그의 예술의 향기에 취해보기로 하자.

2. 자연의 숨소리를 듣다.

류용하의 시집 『서천에 흐르는 소백산-고향산천과 새 생명』에서 '서천에 흐르는 소백산'은 무위의 자연이고, '고향산천과 새 생명'은 인위의 언어이다. 처음에는 '서천과 소백산'이라는 자연만이 홀로 있었을 것이다. 이 자연 속에 인간이 살면서 '고향산천과 새 생명'이란 언어가 있게 된 것이다. 그러니까 자연은 인간의 원형이며 인위적으로는 고향이다. 자연의 주체는 하늘이다. 하늘은 눈에 보이는 형상이 없다. 이를 가리켜 한자로는 하늘 공(空)자로 표시하고, 눈에 보이는 것은 푸른 색 뿐이라 하여 창공(蒼空-푸른 하늘)이라 명명한 것이다. 눈에 보이는 것이 없는 하늘사이(空間)에 눈에 보이는 땅이 생기면서 천지(天地)라는 이 세상이 존재하게 된 것이다. 이 세상에 온갖 만물(萬物)이 존재하게 되고, 인간도 존재하게 된 것이다. 이 인간이 말을 씀으로써 '만물의 영장'이 되고, 언어예술을 통해 시인이 된 것이다. 눈에 보이는 육신을 상형한 한자가 사람 인(人)자이며, 눈에 보이지 않는 마음이 음성으로 나오면 말(言語)이 되고,

시각적으로 표현하면 글(文)이 된다. 그래서 인문(人文)이 된 것이다.

　　낙화암 천 소백 정맥에서
　　발원하여
　　천 수백 년 명찰 부석사를
　　뒤로하고
　　수 킬로 흘러 닿은 곳
　　복사 꽃 떨어지는 여울의
　　도탄동桃灘洞
　　소박하나 근세 이념갈등의 고통을 겪고
　　김씨 세가 속에 각 성 바지
　　50호 정도 살아가던 상석리 도탄동

　　여름 홍수 팬 마을 앞 벌판에
　　황토 물이 범람하고
　　봄철 모내기때는 논물 속에
　　자라가 둥둥 떠내려 오고
　　여름철 보 밑 냇물에선
　　메기 뱀장어 피라미 버들묵지 꾸구리
　　텅고리들과 벗하며

　　멱 감는 아이들의 소리가 떠들썩하여
　　산천은 더욱 푸르렀고

야산 자락에 옹기종기 모여 앉은
부락들은
비록 가난 속에 힘든 삶들
이었지만

소박한 인심을 간직한 채
성효 근면 선비정신을
바탕으로 살아온
유구한 역사의 고향산천
천마산 바위굴에는
호랑이가 살았든 흔적이 있다.

ー「고향산천 1」전문

인간의 고향에는 공간적인 고향과 시간적인 고향이 있다. 공간적인 고향은 특별한 경우가 아니고는 언제나 갈 수가 있지만, 시간적인 고향인 유년으로는 아무도 갈 수가 없다. 위의 시 첫 연의 "낙화암 천 소백 정맥에서/ 발원하여/ 천 수백 년 부석사를/ 뒤로하고/ 수 킬로 흘러 닿은 곳/ 복사 꽃 떨어지는 여울의/ 도탄동桃灘洞/ 소박하나 근세 이념갈등의 고통을 겪고/ 김씨 세가 속에 각 성 바지/ 50호 정도 살아가던 상석리 도탄동"이 아마 류용하 시인의 공간적인 고향인가보다. 북한에서 월남한 사람들은 공간적인 고향에 갈 수 없는데 류용하 고향에 살고 있으니 행복한 시인이다. 그러나 행복으로는 시인이 될 수 없다. 그러나 류용하에게도 돌아갈 수 없는 시간적 고향이 있으므로 그 고향에 대한 향수로 시인이 된 것이다. 셋째 연의 "멱 감는 아이들의 소리가 떠들썩하여/ 산천은 더욱 푸르렀고/ 야산 자락에 옹기종기 모여 앉은/ 부락들은/ 비록 가난 속에 힘든 삶들/ 이었지만"이라는 시간적 고향인 유년에 대한 향수로 고향산천의 이미지를 형상화한 시인이 된 것이다. 이 시집 제1부에는 '고향산천'이란 제목의 연작시 5편이 있다. 그리하여 "유구한 역사의 고향산천/ 천마산 바위굴에는/ 호랑이가 살았든 흔적이 있다."라는 신화적인 마무리를 한 것이다. 시는 원래 신화의 세계이기 때문이다.

동트는 새벽 어스름이 아직인데
물동이 머리에 얹고
넉넉지 못한 살림에 힘든 기색 없이
정성들여 아침밥 지으시고

고랑이 마다 무성한 잡초
걷어내시느라 한 더위와 씨름하고
뽕잎 달게 먹어라 밤새워
누에를 지키네

올바른 자식 만들려 사랑의
매를 드시니 종아리 부르터
힘들어 하였던 어린 마음 이었지만
돌아서시어 두 눈 붉히시고

일제고사 우등 상장 들고 뛰어오는
아들 장하다고 함박 웃으시니
그렇게 고우신 그 모습 가슴과 눈에 선한데
이제는 꿈에서나 뵈올 수 있으니

세월이 흘러 어리던 자식도
백설을 머리에 이고
지나간 세월 못 다한 효도에
서럽고 그리워 눈물만 삼키네.
―「어머니」 전문

'시는 神話이다'라는 말은 시의 내용적 정의이다. 시의 내용, 즉 시는 무엇을 표현한 것인가라는 물음에 대한 답이다. 그러니까 시의 내용은 '神話'라는 것이다. 그러면 신화는 무엇인가. 신화는 글자 그대로 '신들의 이야기' 혹은 '신과의 대화'이다. 여기서 '신들의 이야기'는 그리스로마 신화처럼 신들이 등장하여 이야기를 펼치는 서사시의 내용이며, '신과의 대화'는 자연과의 영적 교감을 의미하는 서정시의 내용이다. 류용하는 '고향 산천'의 자연과 영적 교감을 하는 서정 시인이다. 누구나 인간 정서의 고향은 「어머니」이다. 인간뿐 아니라 모든 생명의 첫 발성은 맘(mam--)이다. 어머니 곧 엄마는 생명의 고향이다. 위의 1,2연은 시간적 고향인 유년에 류용하가 체험한 어머니의 이미지다. 첫 연의 "동트는 새벽 어스름이 아직인데/ 물동이 머리에 얹고/ 넉넉지 못한 살림에 힘든 기색 없이/ 정성들여 아침밥 지으시고"나 둘째연의 "고랑이 마다 무성한 잡초/ 걷어내시느라 한 더위와 씨름하고/ 뽕잎 달게 먹어라 밤새워/ 누에를 지키네"와 같은 이미지는 이 시대 한국인이 다 체험한 어머니의 이미지이다. 그런데 특히 류용하는 "세월이 흘러 어리던 자식도/ 백설을 머리에 이고/ 지나간 세월 못 다한 효도에/ 서럽고 그리워 눈물만 삼키네."라는 그리움과 회한의 이미지로 시를 마무리하면서 「어머니」라는 존재의 원형에 대한 향수를 절감케 한다.

삭풍 매서울 제
갈 곳 잃은 저 물결은
뒤덮은 빙 하에 갇히고

끝없는 풍상 속에
오늘을 살아가는 우리네
애환도 그 속에 가두고

언제나 덧없이
아우성치는 저들의
시샘을 잊을 수 있을 런지

풀리는 날
녹아나는 얼음을 박차고
내님은 넘쳐나는 용기에 올라타

무뢰배의 한량없는
　욕망의 굴레를
　거침없이 부숴버리리.
　　　　　　　　　—「얼어버린 한강」전문

　위의 시는 시집 제2부 '한강 곁에서'의 첫 작품이다. 물은 인간생명 곧 인생의 원형상징이다. 특히 한강은 우리 역사의 원형상징이라고 할 수 있다. 물은 '흐르다'가 본질이고, 인간은 '살다'가 본능이다. 물은 흐르지 않으면 죽은 물이 되고, 인간은 살아서 움직이지 않으면 시체이다. 살아서 활동하는 것이 생활(生活)이고, 활동을 하지 않고 살아 있기만 한 것은 생존(生存)이다. 물이 인생의 원형상징이라는 것은 인생은 물처럼 살아야 한다는 것의 상징이다.

　물은 아래로 흐르기만 하면서 생명의 원천이 된다. 물이 흐르는 모습을 상형한 글자가 법(法)이다. 아래로 흐르기만 하는 물은 결국 바다에 이르러 수평을 이룬다. 산속에서 솟은 샘이 시내, 개울, 강이 되어 바다에 이른다. 이런 자연현상을 역사의 흐름에 비유하면, 샘솟음은 인간의 출현, 시내는 씨족사회, 개울은 부족사회, 강은 국가사회, 바다는 민주사회이다. 물의 흐름은 무위자연이므로 하늘 뜻대로 바다에 이르지만 역사의 흐름은 인위조작이라 온전한 평등을 이루지 못한 것이다. 인위(人爲)의 인(人)과 위(爲)를 합치면 거짓 위(僞)자가 된다. 역사의 흐름이 법대로 되지 않으면, 역사가 "삭풍 매서울 제/ 갈 곳 잃은 저 물결은/ 뒤덮은 빙 하에 갇히고"에서 보듯 역사의 흐름이 얼음 속에 갇힌다. 그러면 "언제나 덧없이/ 아우성치는 저들의/ 시샘을 잊을 수 있을 런지"와 같은 역사의 흐름을 막을 수 없다. 결국 역사의 흐름은 "무뢰배의 한량없는/ 욕망의 굴레를/ 거침없이 부숴버리리."라는 확신으로 시는 마무리된다. 자연은 인간의 원형이다. 시인은 이 자연의 숨소리를 그리워하는 향수를 시로 형상화한다.

3. 시는 영혼의 풀잎과 꽃잎이다.

시의 가장 중요한 요소는 상상력(想像力)이며, 상상(想像)은 우리말로 '그리다'이다. 그러니까 상상력은 '그리는 힘'이다. 그런데 이 '그리는 힘'은 '없음(無)'을 느낄 때 더욱 풍부해진다. 부모가 없는 고아는 부모의 모습을 그리고, 사춘기가 지나서도 연인이 없는 남녀는 연인의 상을 그린다. 마음속으로만 그리는 것은 '그리움'이고, 선과 색채로 그리면 '그림'이 되며, 말로 그리면 시적 이미지가 된다. 그래서 C.D 루이스는 "시적 이미지는 말로 그린 정열적 그림"이라고 정의했다. 여기서 정열적이란 말은 강열한 그리움을 가리키는 말이다. 그리움은 곧 사랑이다. 그러니까 시인은 곧 강열한 사랑을 하는 사람이다. 모든 예술작품 곧 〈시와 노래와 그림〉은 그리움의 열매 곧 사랑의 열매이며, 사랑의 열매는 곧 영혼의 열매인 것이다. 열매를 맺기 위해 먼저 영혼의 풀잎과 꽃잎이 피어난다. 시는 영혼의 풀잎과 꽃잎이며, 그것이 맺은 열매가 시인의 시집이며, 시집은 영혼의 집이다. 시집을 읽는 것은 그 시인의 영혼과 만나 생명의

강가를 산책하는 것이다.

　강 따라 기대선 숱한 풀잎들
　강물이 불어날 땐 물속에서
　속삭이고
　속삭임에는 엊저녁 세찬 빗줄기의
　때림도

　강물이 줄어 고개를 휘둘러
　볼 때는
　먹이 찾는 오리 떼의 분주한
　물질에 젖어들어 함께
　물질하고자 하고

　강 언덕바지 지난여름
　빗물과 햇볕에 잘 익어진
　온갖 꽃잎들이 미소 지으며
　저 멀리 나르는 구름을
　좇아 날아 오른다.

　밤이 온다
　덮어 쓴 이슬의 서늘함도
　잊은 채
　한 낮의 따가운 햇살의

심술을 넣두리 한다
풀잎과 꽃잎은 밤새 그랬다.
—「풀잎과 꽃잎」 전문

　위의 시는 시집의 제3부 '꽃은 피고 지고'의 첫 작품이다. 시는 영혼의 잎이며 꽃이다. 잎과 꽃은 식물이 피워내는 생명의 발화이며, 시는 영혼이 피워내는 생명의 발화이다. 인간의 영혼은 식물성이라 생명의 잎과 꽃을 피우고, 그 결실인 시작품이란 열매를 맺는다. 식물성인 영혼은 동물성인 육신처럼 죽어 없어지지 않는다. 육신이 살아있는 동안엔 육신 속에 살고 있지만, 육신이 죽어 없어지면 죽을 수 없는 영혼은 집을 잃은 떠돌이가 된다. 육신은 죽으면 움직이지 않고, 영혼은 잠들면 활동하지 않는다. 이 잠든 영혼을 깨워 일으켜 활동하게 하는 것을 흥(興)이라 하고, 그 반대말은 망(亡)이다. 영혼이 깨어 있는 개인이나 국가는 흥하고, 영혼이 잠들면 망(亡)할 수밖에 없는 것이다.
　인생의 원형인 물의 흐름이 국가사회를 상징하는 강이라고 할 때, "강 따라 기대선 숱한 풀잎들/ 강물이 불어날 땐 물속에서/ 속삭이고/ 속삭임에는 엊저녁 세찬 빗줄기의/ 때림도"에서, '강 따라 기대선 풀잎들'은 국민들의 상징이라고 볼 수 있고, '강물이 불어날 땐'은 국가사회가 흥왕할 때를 비유한 상징이라고 볼 수 있다. 무엇을 비유하며 상징하느냐 하는 것은 독자의 마음이다. 그냥 단순한 자연과의 속삭임이라고 보는 것이 가장 서정적이다. 시의 가장 중요한 요소가 상상력이며, 상상

력에 의해 영혼이 깨어 일어남으로써 자연의 숨소리와 속삭임을 들을 수 있는 것이 중요하다. 그리하여 '오리 떼'와 함께 물질을 할 수도 있고, "온갖 꽃잎들이 미소 지으며/저 멀리 나르는 구름을/ 좇아 날아 오른다."고 할 수 있는 것이 시인의 영혼이다. 그런 시인의 영혼은 "밤이 온다/ 덮어 쓴 이슬의 서늘함도/ 잊은 채/ 한 낮의 따가운 햇살의/ 심술을 넋두리 한다/ 풀잎과 꽃잎은 밤새 그랬다."고 하며, 「풀잎과 꽃잎」이 대화하는 '신화'의 세계에 함께하는 것이다.

> 한밤에 하얀 서리가 내렸었나
> 찔레 순 위로 곱게 미소 짓는
> 순백의 고운 자태
>
> 선녀의 옷자락 인양 보듬어
> 슬어 안고
> 한데 어울려 정겹게 흩날리네
>
> 이봄이 지나면 싱싱한 가지에
> 붉다란 열매는 천상의 보물인가
> 오늘도
> 찔레꽃은 함박웃음을 그려낸다.
>
> ―「찔레꽃」전문

위의 시 「찔레꽃」은 찔레꽃의 시각적 이미지를 너무나 잘 형상화한 작품이다. '현대시는 이미지이다'라는 말을 그대로 보여준 작품이다. 남은 못 보는 것을 시인만이 보는 것이 시각적 이미지이다. 시인은 '찔레꽃'에서 "한밤에 하얀 서리가 내렸었나/ 찔레 순 위로 곱게 미소 짓는/ 순백의 고운 자태"를 본 것이다. 그뿐이 아니다. "선녀의 옷자락 인양 보듬어/ 슬어 안고/ 한데 어울려 정겹게 흩날리네"에서는 '찔레꽃'의 흔들림에서 '선녀의 옷자락'의 흩날림까지 본 것이다. 참으로 현대시인 다운 이미지형상화의 비법을 발휘하고 있다. 현대시에서 이미지형상화란 '신과의 대화' 곧 자연과의 교감을 어떻게 형상화하여 보여주느냐 하는 물음에 대한 답이다. '신과의 대화'는 지식이나 사상이 아니다. 지식이나 사상이라면 설명이라는 형식을 통해 이해할 수 있다. 류용하는 "이봄이 지나면 싱싱한 가지에/ 붉다란 열매는 천상의 보물인가/ 오늘도/ 찔레꽃은 함박웃음을 그려낸다."에서 보듯, "찔레꽃은 함박웃음을 그려낸다."고 본 것이다. 음악이나 미술이나 시는 이해하는 것이 아니라 느끼는 것이다. 감동이며 교감이다. 시인은 시를 음악처럼 느끼게 하려고 청각적 이미지를 만들고, 미술처럼 느끼게 하려고 시각적 이미지를 만든다. 사람은 살아가면서 많은 체험을 하게 된다. 그 체험들은 사라져 없어지는 것이 아니라 기억의 창고 속에 저장된다. 이것을 심리학에서는 무의식이라고 한다. 시인은 이 무의식 속에 묻혀있는 체험들을 살려서 이미지로 만든다. 그래서 과거의 체험과 현재의 지각이 결합하는 것이 바로 시적 이미지가 되는 것이다. 결국 시인은 이미지를 만드는 사람이다. 'poet'이란 말이 만드는 사람(maker)이라는 어원을 가지고 있다는 것도 이런 뜻에서 이해할 수 있다.

내려 다 보이는 경의선 이 새벽에도
둔중한 바퀴 지축을 울리며
아직은 차가운 밤바람을
숱한 사연을 실은 채 뚫고 달리고

밤새 꺼지지 않은 네온의 불빛은
마지막 남은 손님까지
불러들이며 녹이고

인생은 백 구비라고
하지만
어쩌다 찾아온 흔치 않는 병마와의 투쟁이
중반을 치달아 가고 있고

오랜만에 가져보려던
유럽여행도
까까머리 친구 그들에게만
맡기고
좋은 추억거리 듣기만을
기다리고

남은 여생이 얼마인지 알 수 없는

일이지만
그래도 많이 남아 할 수 있는
모든 일을 마지막 화신이 되어
불 사를 수 있도록
밝아오는 신촌 여명에 기대본다.
　　　　　　　　　　　　　　　　—「신촌 여명」 전문

　개체 생명도 늙으면 다시 어린애로 돌아간다고 한다. 동심의
세계로 돌아간다는 말이다. '신과의 대화'를 할 수 있으려면 신
과 같아야 한다. '신과 같다'는 말인 등신(等神)이 되어야 한다는
말이다. 그런데 인간들은 등신을 바보라고 한다. 인위적인 조
작을 못 한다는 뜻이다. 공동체 생명인 사회도 원형으로 돌아
가야 한다. 사회의 원형은 원시이며 신화시대이다. 네 것도 없
고, 내 것도 없었던 시대다. 언어(言語)의 어(語)에서 나 오(吾)자
가 빠지고, 그 자리에 무아의 공간인 절 사(寺)자가 들어가면
시(詩)가 된다. 그러니까 시정신은 인위의 황무지에서 원형의
숲을 꿈꾸는 마음의 바람이다. 황무지는 영적 죽음의 풍경을
상징하기 때문이다. 이러한 황무지에서 시의 나라에 대한 동경
이나 원형에 대한 향수가 곧 시정신이다.
　위의 시 「신촌 여명」에서, '신촌'은 '새마을'이란 뜻이고, '여명'
은 '새벽'이란 뜻이다. 그렇다면 이 시의 제목은 황무지에서 새
마을을 맞이하는 새벽이라는 뜻이 된다. 류용하의 몸이, "어
쩌다 찾아온 흔치 않는 병마와의 투쟁이/ 중반을 치달아 가고
있고"는 그의 몸이 황무지가 되어 간다는 이미지이며, 이 황무

지에서 "남은 여생이 얼마인지 알 수 없는/ 일이지만/ 그래도 많이 남아 할 수 있는/ 모든 일을 마지막 화신이 되어/ 불 사를 수 있도록/ 밝아오는 신촌 여명에 기대본다."는 것은, 시인으로 거듭나겠다는 희망이며 꿈이다. 이런 의미에서 그가 신촌에 있는 병원에 입원한 것까지도 시적 상징이 된 것이다. 병을 이기고 일어선 류용하는 새로운 시인으로 거듭나는 여명의 새벽이며, 이번의 시집은 그 꿈이 이루어지는 신촌이 될 것이다.

4. 나오는 말

이제까지 류용하의 시집 『서천에 흐르는 소백산-고향산천과 새 생명』의 시세계를 둘러봤다. 그 결과 그의 시는 그의 마음이 피워낸 꽃이며, 그의 시집은 그 마음의 꽃밭이라는 걸 확인할 수 있었다. 그의 시는 '고향산천'이라는 자연의 숨소리를 듣고, 그 자연과 영적 교감을 하는 신화의 세계이다. 그의 시는 '시는 신과의 대화이다'라는 기본적 시론에도 적합하며, 자연과의 교감이라는 서정시의 논리에도 합당하다. 왜 그럴까. 그가 자연이라는 인간생명의 원형을 사랑하기 때문이다. 그런 류용하 시인에겐 그럴 만한 동기가 있었던 것 같다. 그는 흔치 않은 중병을 겪은 경험이 있는 듯하다. 그는 입원 중에 마지막 남은 목숨을 새로운 일에 몸 바칠 수 있기를 원해서 시 창작을 했다고 한다. 이런 심정을 그는 자신을 "불 사를 수 있도록/ 밝아오는 신촌 여명에 기대본다."고 고백하고 있다. 끝으로 류용하 시인의 시 창작이 계속될 수 있도록 그의 건강을 기도하며, 이 글에서 나오는 말에 대하고자 한다.